U0068147

繪本 0120

媽媽變魔術

作‧繪者｜童嘉

責任編輯｜黃雅妮　美術編輯｜林家蓁
天下雜誌群創辦人｜殷允芃
董事長兼執行長｜何琦瑜
兒童產品事業群
副總經理｜林彥傑
總編輯｜林欣靜
主編｜陳毓書
版權主任｜何晨瑋、黃微真

出版者｜親子天下股份有限公司　地址｜台北市 104 建國北路一段 96 號 4 樓　電話｜（02）2509-2800　傳真｜（02）2509-2462
讀者服務專線｜（02）2662-0332　週一～週五：09:00~17:30
讀者服務傳真｜（02）2662-6048　客服信箱｜bill@cw.com.tw
法律顧問｜台英國際商務法律事務所‧羅明通律師
製版印刷｜中原造像股份有限公司
總經銷｜大和圖書有限公司　電話（02）8990-2588

出版日期｜2014 年 1 月第一版第一次印行
　　　　　2022 年 7 月第一版第八次印行
定價｜270 元　書號｜BCKP0120P　ISBN｜978-986-241-823-9（精裝）

訂購服務
親子天下 Shopping｜shopping.parenting.com.tw　海外‧大量訂購｜parenting@cw.com.tw
書香花園｜台北市建國北路二段 6 巷 11 號　電話（02）2506-1635　劃撥帳號｜50331356 親子天下股份有限公司

立即購買 >

媽媽變魔術

文·圖 童嘉

親子天下
Education · Parenting
Family Lifestyle

我ˇ的ˇ媽ㄇ媽ㄇ很ㄏ厲ㄌ害ㄏ，
她ㄊ會ㄏ變ㄅ魔ㄇ術ㄕ！

我很小很小的時候，就發現媽媽會變魔術，

她_{ㄊㄚ}會_{ㄏㄨㄟ}把_{ㄅㄚ}消_{ㄒㄧㄠ}失_ㄕ的_{ㄉㄜ}東_{ㄉㄨㄥ}西_{ㄒㄧ}變_{ㄅㄧㄢ}回_{ㄏㄨㄟ}來_{ㄌㄞ}。

所以只要一有東西不見了，

我就趕快去找媽媽。

媽媽每次都會先念一段咒語：

「每次都不收，　　　你放在哪裡

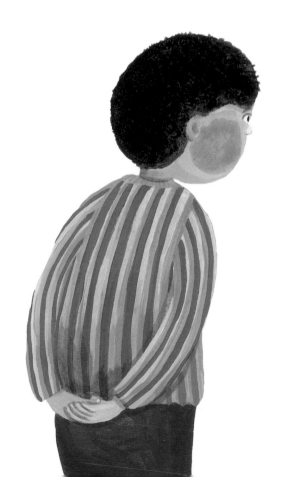

然後ㄖㄢˊㄏㄡˋ……

就ㄐㄧㄡˋ在ㄗㄞˋ那ㄋㄚˋ裡ㄌㄧˇ！」

「你看！不是在這裡嗎？」

「謝謝媽媽！
媽媽好棒喔！」

「媽媽，我的紅杯子不見了！」

「每次都不收，你放在哪裡就在那裡！」

「哦！這是什麼啊？都長螞蟻了！」

「啊！是我的杯子耶，
　媽媽你是怎麼變的？」

等我長大一點以後，
媽媽把魔術變得更好玩了。
媽媽每次把東西變出來以後，
就藏在一個地方讓我猜。

「完蛋了！
同學借我的
溜溜球搞丟
了！」

「每次都不收，
你丟在哪裡，
就在那裡！」

「在這裡！我找到了，
謝謝媽媽！」

「我的筆記本剛剛明明還在……」

「每次都不收，你丟在哪裡就在那裡！」

「我ㄨㄛˇ就ㄐㄧㄡˋ知ㄓ道ㄉㄠˋ

是ㄕˋ藏ㄘㄤˊ在ㄗㄞˋ這ㄓㄜˋ裡ㄌㄧˇ。」

後來，
我也學會變魔術了。

「哥哥，我的小鴨子
是不是被你拿走了？

「每次都不收，你放
在哪裡就在那裡！」

我變……

「嗯！你的鴨子
在這裡。」

「謝謝哥哥，
哥哥好棒哦！」

現在，連妹妹都會變魔術了。

「我的報紙怎麼不見了？」

「每次都不收，你放在哪裡就在那裡！
你看，不是在這裡嗎？」

「啊！呵呵呵……妹妹真能幹，會變魔術喔！」

「我ㄨㄛˇ剛ㄍㄤ才ㄘㄞˊ在ㄗㄞˋ用ㄩㄥˋ的ㄉㄜ˙筆ㄅㄧˇ怎ㄗㄣˇ麼ㄇㄜ˙不ㄅㄨˋ見ㄐㄧㄢˋ了ㄌㄜ˙……」

「你放在哪裡就在那裡呀！」

作者簡介　童嘉

在臺北出生、長大，四年過一次生日。

臺灣大學社會系畢業，曾任報社專欄組記者，專職民意調查執行與撰稿，其後為陪伴小孩成長成為全職家庭主婦至今。

2000 年因為偶然的機會開始繪本創作，並以《像花一樣甜》一書獲得國語日報牧笛獎。作品有：繪本：《想要不一樣》、《不老才奇怪》、《千萬不要告訴別人！》、《圖書館的祕密》、《小小姐姐慢吞吞》、小胖貓系列等 20 餘本，其中多本入圍豐子愷兒童圖畫書獎。橋梁書：《我家有個烏龜園》、《我家有個花果菜園》、《我家有個遊樂園》。圖文書：《在出發之前：小嘉子的童年故事》、《媽媽向前衝：嘉子媽媽的生活筆記》。每天過著非常忙碌的生活，並且利用所有的時間空檔從事創作，相關訊息請搜尋「童嘉」臉書粉絲團。

夢寐以求的生活

真實的人生

一起來變魔術

我就是想不起來
放在哪裡呀！
幫我找一下啦！

每次都不收……

媽媽說東西用完
要放回原處。

請到下一頁找找看，
爸爸的東西在哪裡？

爸爸的東西在哪裡？ 幫他找找看吧！